AF603079

L'ESPRIT FRANÇOIS,

OU PROBLÊME A RÉSOUDRE

SUR le labyrinthe des divers Complots.

PAR Mme DE GOUGES.

A PARIS,

CHEZ { La Veuve DUCHESNE, rue Saint-Jacques.
La Veuve BAILLY, barrière des Sergens.
Et chez les Marchands de Nouveautés.

MARS 1792.

L'ESPRIT FRANÇOIS,

OU

PROBLÊME à résoudre sur le labyrinthe des divers Complots.

DÉDIÉ A LOUIS SEIZE.

SIRE,

L'EMPEREUR est mort : le même jour que les François reçoivent cette nouvelle, vous renvoyez M. de Narbonne ; si ses actions sont aussi claires que sa conduite, c'est une perte que la Constitution vient de faire. Le tems nous l'apprendra ; la conduite du Ministre de la Marine est généralement suspectée, & vous déclarez, Sire, à la Nation, qu'il est digne de votre confiance, le tems nous le persuadera, le tems, Sire, nous apprendra beaucoup de choses, si nous opposons à tous les partis inconstitutionnels qui vont au même but avec des intérêts opposés, un courage & une modération imperturbables; mais, Sire, il dépend peut-être encore de vous de vous concilier de nouveau l'amour des François, il dépend aussi de vous d'assurer leur bonheur, d'appeller auprès de votre Personne vos Frères, de forcer les Emigrans à rentrer dans leurs foyers, & de leur ôter tous moyens, toute espérance de rétablir les droits tyranniques de la féodalité & de conspirer contre leur Patrie; enfin, Sire, il dépend encore de vous de devenir le premier Roi du Monde.

Les ci-devant Nobles ne cessent de vous représenter, Sire, votre pouvoir anéanti, vos dignités attaquées & le Trône avili, & malheureusement pour la dignité d'un Peuple libre qui devroit donner à ſon chef, aux yeux de l'Univers, le caractère impoſant du Roi des François, un amas d'écrits orduriers qui ſe ſuccèdent à toutes les minutes du jour, aviliſſent ce caractère & donnent du crédit à l'aſſertion des ennemis de la Patrie. Hé! quel ſera le fruit de leurs efforts? La diviſion des Citoyens, l'anéantiſſement de tous les pouvoirs, & la diſſolution de l'Empire; voilà Sire, voilà où vous amèneront leur orgueil & leurs complots! Les inſenſés, avec leurs faux raiſonnemens, vous repréſentent votre Ayeul, Louis XIV, comme Jupiter la foudre en main; ils vous diſent que s'il étoit ſur le Trône, les François rentreroient ſous le joug de l'eſclavage; les ignorans, ils ont donc bien mal connu le caractère de Louis XIV, il fut un grand Conquérant ſans doute; peut-être épargna-t-il trop peu le ſang de ſon Peuple ; mais il aimoit tout ce qui peut élever l'ame & le génie de l'homme. Je ne parle pas de ces édits iniques qui déshonorent ſa mémoire , c'étoit le fruit des manœuvres de la cupidité Sacerdotale. A cette époque Louis XIV avoit déjà un pied dans la tombe ; l'éclat de ſon règne étoit preſque effacé ; mais à votre âge , Sire , dans toute la plénitude de ſes facultés intellectuelles , il auroit retenu le Sceptre prêt à lui échapper ; fier de porter le titre de Roi d'un Peuple libre , il auroit mis ce nouveau triomphe à la tête de ſes grandes conquêtes , & ce Monarque auroit encore une fois fait trembler l'Univers ; il n'auroit pas énervé ſon Peuple , pour le réduire à l'abattement & le conquérir en le réduiſant à une affreuſe miſère ; il n'auroit pas autoriſé la ſpoliation des finances ; il au-

roit excité le courage des François contre les ennemis de la Patrie ; il n'auroit connu ni Frère, ni Beau-Frère, ni Ministre, ni Femme, & la gloire seule du Royaume & l'intérêt de la Patrie eussent fixé ses regards, & son ame, enflammée par l'amour de la liberté, auroit consacré, par des actes authentiques, l'égalité de tous les Citoyens.

J'aime, Sire, vos vertus, c'est à votre intégrité que j'ai donné l'avis pressant de ne pas accepter la Constitution sans modification, parce que j'en voyois la marche difficile ; mais aujourd'hui que vous l'avez acceptée, il faut qu'elle marche telle qu'elle est. Ah ! Sire, si vos Ministres, vos prétendus amis, vos Alliés, tout ce qui vous environne en un mot, & tous les Citoyens qui coopèrent à l'administration publique & à l'ordre social, avoient des vues pures, la Nation ne se trouveroit pas dans un labyrinthe effroyable ; le petit nombre des honnêtes gens est placé entre deux gouffres, dans l'un est le despotisme, & dans l'autre l'anarchie Républicaine : voilà la cruelle alternative, Sire, où se trouve la France ; en la sauvant, vous conquérez votre Couronne, en l'agitant, vous la perdez.

Je finirai, Sire, par vous observer qu'il est impossible que les Ministres fassent leur devoir, taut que vous n'abjurerez point d'éloigner de votre sein ceux qui vous assurent que la contre-révolution est nécessaire pour rétablir l'ordre & la paix ; & quel est l'honnête homme qui pourra désormais accepter la place de Ministre, & qui ne frémira pas de se corrompre dans ce poste empoisonné, ou d'être jugé tel par l'opinion ? Voilà Sire, la récompense que peuvent attendre ceux qui vous servent, l'Echafaud.

L'ESPRIT FRANÇOIS,

PAR Mme DE GOUGES.

Le moment, le véritable moment qui doit régénérer l'Esprit des François est peut-être arrivé, je vais dire en même tems ce qu'ils furent & ce qu'ils doivent être ; jamais cause ne fut plus belle que celle qui va se décider. C'est la cause des Peuples.

Nous tromper dans nos entreprises,
C'est à quoi nous sommes sujets;
Le matin je fais des projets,
Et le long du jour des sottises.

Volt.

L'ESPRIT faisoit tout en France, sans esprit on n'y faisoit rien, la sagesse, la probité étoient des chimères, & jamais l'esprit ne caractérisa mieux les François que depuis qu'ils prétendent s'être régénérés. Ils ne le sont pas encore.

Les Gaulois modernes apportent, en venant au monde, les grâces & toute l'amabilité de l'esprit avec le germe de l'inconséquence & de la folie ; prenez la Monarchie Françoise dans son berceau, parcourez sa bisarre & superstitieuſe Hiſtoire, par-tout vous trouverez les effets merveilleux de l'eſprit François, & partout vous verrez que ſon inconſtance & ſa frivolité ont altéré le caractère du Gouvernement. L'eſprit François, naturellement enthouſiaſte, s'eſt tout-à-coup transformé en ſage Légiſlateur; il a parcouru d'un œil rapide l'ancienne & moderne Hiſtoire de tous les Peuples; il a cherché dans nos plus grands Auteurs les principes d'une douce égalité, il a fait un réſumé de tout en déſigurant les principes de tout; mais il a fait une Conſtitution, il faut la défendre & la maintenir; fût-elle vicieuſe ſous tous les rapports, ce n'eſt pas le moment de la reſtaurer.

L'eſprit François a fagoté à ſa manière une idole . . . . . . , la Liberté; chez toute autre Nation elle ſeroit nommée la licence ou l'envie, peut-être l'eſclavage, avec le droit d'égorger les Citoyens impunément, ſuivant que l'opinion du jour prend du crédit; on pourroit appeller auſſi cette liberté le hochet du Peuple avec lequel l'eſprit François s'amuſe, l'eſprit François, deſpote, veut tout ou rien, eſclave ou ſouverain.

Qui eſt-ce qui a fait la Conſtitution? C'eſt l'eſprit François. Sera-t-elle ſtable? Elle doit l'être plus que ſon Auteur. A-t-elle fait le bien?

Oui, & le mal de tout le monde si l'on y met des entraves & si le Pouvoir exécutif avec le législatif ne marchent pas d'un pas égal.

Cette constitution est une de ces grandes merveilles du monde, enfantée par l'esprit François, & qui de jour en jour se trouve en contradiction avec son propre ouvrage. Que veut-il actuellement ? La guerre. Sa Constitution la défend ; mais son Auteur n'a-t-il pas le droit de représailles ; ne prétend-il pas avoir le droit de changer cette Constitution à son gré, à son caprice ? & ne trouveroit-il pas le moyen de dire qu'elle est au fond la même en la changeant annuellement ou journellement de formes & de principes ? Que prétendoit l'esprit François ? Planer dans les airs, faire du bruit, suivre la renommée & s'éloigner du point central de ses plus chers intérêts.

L'époque est arrivée où la sagesse doit prendre la place de cet esprit frivole & enthousiaste, il est tems que les François se rendent compte de ce que la raison leur commande.

La Monarchie Françoise a pris naissance dans le sein de l'ignorance & de la barbarie. L'esprit François voudroit-il qu'elle termine son illustre carrière dans le sein des Arts &

des Sciences, & entraîner dans sa chûte la Patrie ? Voilà le chemin qu'il prend.

Nos Ancêtres étoient-ils plus sages pour s'être maintenus tant de siècles & nous avoir conduits à l'époque où nous sommes ? ils n'étoient pas plus raisonnables que nous; mais ils étoient moins savans, & l'esprit François faisoit moins de ravage. Du tems de Montaigne, on comptoit les Orateurs, actuellement les rues en sont pavées; l'esprit François ne jure que pour le bien de la Patrie, & chacun ne pense qu'à ses intérêts particuliers; l'homme sans aveu, l'homme taré, le cynique, le tartuffe, &c., ces hommes ont-ils de l'esprit ? ils parviennent à tout aujourd'hui; on ne considère plus dans quelles mains on confie l'administration publique, & si les François doivent se perdre par les extrêmes, il est donc une grande vérité, nous avons changé de forme la caverne de l'Etat; mais des brigands affamés s'en sont emparés de nouveau; la France est gardée, défendue en apparence, & je tremble qu'au premier instant elle ne devienne un vaste repaire. Si les Citoyens ne se réunissent pas, la discorde & le crime se disputent ce superbe Royaume; quels sont les vrais amis de la Patrie ? Les plus foibles. Qui la sauvera? La Providence, peut-être. Qu'a fait l'esprit François depuis un an?

a-t-il prévu le danger? Ça été le moindre de ses soucis; il a suivi sa pente naturelle, il a fait des chansons, des bons mots, des grandes périphrases entortillées, dénuées de logique, des motions métaphysiques, des antithèses qui ne présentent aucune opposition frappante, des chûtes de discours où l'Auditoire ne comprenoit rien, encore moins l'Auteur; mais on applaudissoit, & sur-tout des pétitions ampoulées où l'on ne voyoit règner que la recherche d'un style brillant, élevé, & qui présentoient autant d'opinions & de partis opposés, que de diversités dans les intérêts particuliers de chaque individu; voilà l'esprit François & ses sublimes avantages sur tous les Peuples connus. Vive l'esprit François, vive son harmonie, vive son égalité, vive sa sage prévoyance!

En vain ma voix a voulu appeller la sagesse dans ces heureux climats, les présomptueux François m'ont gratifiée, pour prix de mon pur civisme & de ma sage prévoyance, de l'épithète de folle. Certes, chacun attaqué de mon mal & muni d'un double brevet de la Déesse qui préside à tout dans ce nouveau régime, & qui agite ses grelots d'une force surnaturelle, qui hurle, qui crie contre les véritables intérêts de la Patrie, me détache tous ses disciples ; mais je ne saurois m'arrêter, je continue.

A quoi servent tous les complots de nos implacables Emigrans ? où nous amèneront tous ces préparatifs de guerre, comment soutenir une campagne, comment ne pas redouter les effets de la plus petite attaque ? Les François vont se battre contre des François, contre leurs Frères, leurs Amis. Qui seront les vainqueurs ? Des François. Qui seront les vaincus ? Des François. Aveugle furie ! affreuse victoire ! que de chères, de précieuses victimes vont périr sous le glaive ennemi ! (1) La terre ne sera couverte que de *matelats* d'hommes ; dans les Villes, dans les Bourgs, dans les Villages où la guerre n'agitera pas les esprits, la famine ne la suscitera que trop. Point de crédit, point de confiance, un papier, un misérable papier-monnoie qui n'auroit plus cours si nos ennemis remportoient la plus petite victoire ; mais non, ils n'en remporteront jamais aucune, si les Citoyens sont d'occard. Qu'une fraternelle réconciliation les rappro-

---

(1) C'est le cas de rappeller cette anecdote de Louis XV, lorsqu'il vit, à la bataille de Lawfelt, le Champ couvert de morts : que de victimes, s'écrioit-il, en versant des larmes de sang, pour l'entêtement de deux hommes ! Que d'hommes vont périr pour l'entêtement de deux partis insensés !

che, qu'on éloigne du ſein ſocial les perturbateurs, & chaque François deviendra un Hercule pour défendre ſes foyers.

Combien il auroit été plus prudent de trouver un moyen forcé d'accommodement dans l'origine ! Si on eût coupé les vivres aux Emigrans, intercepté tout ce qui pouvoit fournir à leurs odieux projets ; mais l'eſprit François n'a point prévu les choſes de ſi loin; tantôt il établit l'inquiſition de la parole & de la ſortie du Royaume, tantôt il l'atténue & la révoque; mais a-t-il dormi ſur cette ſage précaution que l'eſprit François établit la liberté parfaite ? le changement eſt ſon élément, & je ne ſerois pas étonnée que ſans un choc violent il ne finît par demander la contre-révolution. Il eſt fou de tout, il ſe fatigue de tout, j'ai déſiré avant la révolution le régime actuel : le déſordre qui ſe propage, le mauvais choix de l'Adminiſtration publique, les nouveaux abus auſſi effroyables que les anciens & le changement perceptible des opinions, tout m'apprend que l'eſprit François n'a eu que de l'efferveſcence & qu'il ne ſeroit jamais digne de la liberté tant que cette liberté ne prendra pas une force publique pour le maintien de la loi & de l'ordre ſocial.

Il me faudroit un volume pour m'étendre

fur l'esprit François; de la sagacité il a été à l'imprudence, de l'imprudence à la sottise, de la sottise à la folie; & dans ce siècle de vertige, pour comble de maux, le cœur est gangrené de tous les vices des passions, la Révolution s'est opérée dans un siècle pervers.

C'est le moment de reconnoître cette vérité, & que l'esprit public y remédie par une fermeté stoïque & constante pour déjouer les trames de tous les partis destructeurs.

L'esprit François n'est pas encore changé, il est parvenu seulement au dernier degré de sa nature, son triomphe peut devenir contagieux & briser tous les Sceptres du Monde, il peut aussi ne frapper que sur lui.

Les Roberspierre, les Pétion, les Brissot, les Abbé Fauchet, les Manuel, ces Tribuns cependant plus solides dans leurs opinions que ces Représentans du peuple qui se sont vendus bassement aux trames de la Cour, ne manqueront pas de crier à la royaliste; certes, mes maximes sont peut-être plus républicaines que les leurs; mais le véritable esprit du Gouvernement françois & les vrais intérêts de ma Patrie veulent une Monarchie. Ces intérêts, chers à mon cœur, me feront toujours la loi; entre un trône & un échaffaud, maîtresse de choisir le diadême ou le supplice, je ne monterai pas en en Françoiſe ſur le trône, mais en Romaine, à la mort pour ma Patrie.

C'eſt mon ame qui parle en ce moment & non mon eſprit. En défendant une ſi belle cauſe, je défends celle de ma Nation, je plaide celle de la Monarchie françoiſe.

Pour relever cette Patrie & conſerver cette Monarchie il nous falloit un Roi loyal, ami de ſon peuple, & non pas des tyrans qui commandent pour lui.

Il falloit un peuple vertueux pour jouir du fruit de la plus auguſte des révolutions ; il falloit un caractère ſoutenu dans toutes les aſſemblées ; il falloit enfin des cœurs ſans reproches & qui rapportaſſent tout au bien de la Patrie. Mais quels ont été nos Diſtricts, nos Sections, nos Départemens, nos Aſſemblées Nationales? des François régénérés? non, des François corrompus.

Je ne dirai pas à mes Concitoyens comme tous ces Énergumènes des deux partis : Rentrez, vils eſclaves, dans les fers, ils ſont faits pour vous. Je dirai aux François : Vous êtes-vous bien connus pour deſirer une égalité parfaite & une entière liberté ? N'avez-vous pas du vous défier de la légèreté de caractère dont la nature vous a doués ? Savez-vous le moment où vous n'étiez plus François ? C'eſt le moment de l'insurrection, le moment où vous fites tomber quelques têtes que vous fites promener avec triomphe sur des piques, & ce caractère aimable devenu tout-à-coup sombre & féroce, alloit vous porter à toutes sortes de crimes. Il fallut faire parler la loi dans toute sa force, & vous reprites insensiblement votre amabilité. Les chansons, les bons mots & les satyres vous ont soutenus depuis au milieu de vos misères; mais quelle est l'alternative cruelle de la Nation & du Roi ? Quelle est la guerre qu'ils vont entreprendre ? Quelle est la bataille qu'ils vont perdre ? Quelle est la victoire qu'ils vont remporter ? Quel est le sang qui va couler ? C'est celui des François.

Malheureux Roi ! quelle sera ta situation, si du sang circule dans tes veines ! Roi sans trône, Roi sans volonté, Roi sans pouvoir, Roi sans disposition de faire, même le bien, Roi sans peuple ! Si les deux armées sont une fois aux prises ! ô despotisme cruel ! ton dernier soupir coûtera cher à la Nation; ô liberté ! ô douce égalité que j'ai encensée la première, faut-il maudire le moment qu'on vous a introduite en France ; faut-il regretter nos fers, où allez-vous devenir les instigatrices d'un nouvel esclavage ? L'esprit françois, dit-on, voyage avec vous sur toute la terre, vous préparez enſemble la foudre qui doit un jour embrâſer l'Univers, la France ſera le point central de la deſtruction des hommes. Cette égalité, cette liberté, idole de l'eſprit François, vont par-tout ouvrir la boucherie du monde ! affreuſes déïtés ! vos amorces ſont douces & vos ſuites cruelles.

L'eſprit françois a changé totalement les choſes de face ; mais il lui reſte à régénérer les conſciences & le choix des hommes. Il eſt en état de parvenir à cette perfection s'il veut uſer de ſes reſſources.

Me voila encore une fois, comme l'eſprit françois, perchée ſur un arbre, voltigeant de branche en branche, tantôt en haut, tantôt en bas, parcourant ſurtout d'objets en objets ſur la ſurface de la terre ; comme lui je plane au gré des vents, & je vais me perdre dans les immenſités. Je ne vois plus, ni derrière moi, ni devant moi, ni ſous mon nez peut-être, je vante, je diſcrédite ſans raiſons, ſans motifs ; je veux tout entreprendre & je ne ſais rien, & les plus ſavans n'en ſavent pas davantage ſur la biſarre exiſtence des hommes.

L'eſprit françois ne manquera pas de faire l'alluſion des nouveaux brigands aux Miniſtres du jour. Je dirai que ce n'étoit pas là mon deſſein.

J'ai d'autres remarques à faire ſur le caractère des Ministres du nouveau régime. Sur le caractère : en ont-ils un ? rampans, serviteurs du Pouvoir exécutif, esclaves timides du Pouvoir législatif, jouets du Peuple, caprices de l'opinion, voila ce qui caractérise aujourd'hui ces machines ambulantes qui tiennent les rênes de l'État ; ces machines ne sont donc pas propres à améliorer le Gouvernement, non certes, faudroit-il les changer pour prendre encore pire ? Que faudroit-il donc faire ? faire l'homme pour la place, & non la place pour l'homme.

C'est l'ouvrage de Dieu, m'objecteront les viles créatures de la sequelle ministérielle ; eh bien, je me fais Dieu ; cette cure manquoit à mon originalité & à l'extravagance de l'esprit françois. O mon pauvre sexe, ô femmes, qui n'avez rien acquis dans cette révolution, des droits de la nature, & dans ce partage populaire, qui n'osez pas même égaler les hommes en travers d'esprit & d'imagination : imitez-moi, rendez-vous utile, & vous saurez les forcer à restituer ces droits que ces présomptueux vous ont usurpés.

Que de Midas vont se soulever contre cette réclamation ! mais ce n'est pas le moment de leur couper les oreilles & de donner carrière à la démence de l'esprit françois ; il est tems qu'il ſe repoſe ; l'ame de l'intérêt public doit l'emporter ſur le ſarcaſme & la plaiſanterie. Cependant il ſeroit trop dangereux de bannir tout à fait cette aimable urbanité, élément de l'eſprit françois, qui peut ſeul, à mon avis, nous ramener à l'intérêt de la ſociété ; ſi je n'ai pas la majeure partie des opinions pour moi, j'aurai du moins la plus ſage & la plus ſaine. Je reprends donc le texte de la raiſon & des Miniſtres.

Quelle eſt la perſpective & la retraite des Miniſtres du jour ? la lanterne & la pique ; cet affreux traitement peut-il les rendre plus honnêtes-gens ? J'en doute ; mais ce que je démontrerai phyſiquement, c'eſt qu'il eſt impoſſible que les Miniſtres, n'ayant pas plus d'extenſion que celle qu'on leur a donné, ne puiſſuent avoir l'énergie & les vertus des hommes d'État.

L'eſprit françois perd tout par les extrêmes, jadis il faiſoit des Miniſtres des dieux ; aujourd'hui il fait des Miniſtres des brûtes ; on leur parle comme on parle aux chevaux ; la plûpart ſont rétifs, & à force de les avoir maltraités, ils n'ont plus ni bouche ni éperon, & le manège devenu le Corps légiſlatif, n'a pas encore produit d'écuyers aſſez habiles pour former ces courſiers de l'État.

On leur dit, d'après mon projet en 1788 sur la responsabilité des Ministres : vous êtes garans de toutes les sottises qui se commettront dans votre département, & si vous vous conduisez d'une manière irréprochable, vous n'aurez rien, certes, vous irez peut-être à Orléans, ce n'est pas la ce traitement que j'avois proposé, il est atroce, inhumain, injuste, & conduit indubitablement à la fourbe & à la rapine.

Jadis on tiroit les Ministres du sein de la fortune, aujourd'hui, on les arrache du sein de l'indigence ; on leur fait goûter tout à coup les délices de la mollesse ; on leur dit : voilà cent mille francs pour l'entretien de votre table, de votre maison ; de cette vie frugale ils passent dans une vie somptueuse. Ce n'est plus un bouilli servi sans apprêts, ces repas sont des festins continuels, la liste civile vient à l'appui de ce luxe dépravé, elle fait appercevoir un avenir terrible, on redoute son état primitif : on apperçoit de loin & avec horreur l'approche de son grenier ; il faut opter, l'ambition & la fortune vous prennent au colet le Ministre. *Eh ! quel est l'homme qui pourroit résister à leurs amorces.* (1) Voici les moyens que je crois infaillibles.

(1) Je suis loin cependant de croire qu'aucun ait succombé, je ne suppose que le possible.

Que la Nation augmente le traitement des Miniſtres de vingt à trente mille livres, qu'elle retienne annuellement cent mille livres, dont elle fera valoir l'intérêt au profit de l'augmentation autant d'années qu'il reſteront au miniſtère, autant de cent mille livres de gratification; ſi la punition eſt terrible, il faut que la récompenſe ſoit encore plus grande. Forcez les Miniſtres à ne dépenſer que trente mille liv. par an, ils n'auront à leurs tables qu'un petit nombre d'ami s,qui ne corrompront pas leurs mœurs; forcez les encore à répondre exactement à tous les Citoyens, qu'ils donnent toujours la preuve de leur activité & de leur exactitude; le Gouvernement leur paye aſſez de Commis pour cette correſpondance. Attachez cette branche à leur reſponſabilité, & vous détournerez ces plaintes perpétuelles qui ſont perdre cette conſidération que les Miniſtres doivent avoir dans l'opinion publique; épurez cette opinion, vous épurerez en même tems la place du Miniſtre; égalez ſa récompenſe à ſes devoirs, rappellez-le à toutes les vertus; mais ſi vous n'attachez pas à ſes vertus l'intérêt de l'homme, il ſera toujours ſuſceptible d'être corrompu dans ſon poſte : dans l'eſpoir de cette retraite, il donne évidemment la préférence à la récompenſe Nationale

& à l'eſtime publique. S'il n'a pas aſſez de capacité, il n'a pas moins de droit à la reconnoiſſance quand il a ſervi l'Etat en honnête homme; c'eſt le moyen le plus efficace & le projet le mieux conçu pour faire l'homme pour la place. Contraint de ſe tenir dans un état de maiſon modérée, il a le tems de réfléchir ſur les vrais intérêts de la Patrie, & moins d'occaſions de s'égarer, il ne donne pas l'eſſor à toutes les paſſions, il a le tems de travailler avec une activité ſoutenue pour le bien de l'Etat; je me repoſerai, ſe dira-t-il, quand j'aurai bien rempli ma tâche. Quand il ſera ſûr de trouver dans ſa récompenſe, tous les délices de la fortune & les avantages du vrai mérite, alors on ne fuira plus le Miniſtre diſgracié, on recherchera l'homme qui ne ſera plus l'objet de la pitié publique.

Que l'Aſſemblée nationale rende un décret bien prononcé, qui ſtipule indiſtinctement le pouvoir des Miniſtres en faveur de tous les Citoyens, & que la moindre violation à ce décret ſoit une conviction authentique contre leur intégrité, qu'ils ne puiſſent plus déſormais accorder, même à mérite égal, la préférence des places & emplois à leurs favoris ou à leurs maîtreſſes, au préjudice de ceux qui se sont sacrifiés au seul intérêt de la Patrie.

Il m'en coûte de me donner pour exemple, mais le défi d'un Ministre que je ne nommerai point, par pure pitié, & à qui les belles aristocrates ont tourné l'esprit, me force à donner de la publicité à son défi.

Personne n'ignore que j'ai élevé publiquement la voix la première contre le despotisme, qu'au commencement de 1788 je donnai le projet de la Caisse patriotique ou de l'impôt volontaire. Tout le monde sait aussi les sommes immenses que ce projet a rapportées à l'Etat. En 1789, au commencement du grand hiver, j'ai publié mes remarques patriotiques & humaines, tous les Journaux de ce tems attestent le bien qu'a produit cet Ecrit en émouvant les ames en faveur des malheureux & des ouvriers de tout le Royaume; d'après cet écrit, tous ont été secourus, & les atteliers se sont ouverts comme je l'avois proposé.

Soit humanité ou crainte des Ministres de l'ancien régime, il m'adressoient tous des remercimens & des encouragemens, leurs offres me furent de la plus grande indifférence, le livre des pensions en est une preuve; on n'ignore point qu'il n'a dépeudu que de moi d'avoir ma place dans ce livre, & on l'apprendra mieux par les suites.

Tout salaire qui n'élève pas l'ame n'est point digne de mon ambition ; la Révolution s'opère, mes productions se multiplient, & suivant la bonne cause d'un œil rapide, elles n'ont pu que donner de la force à l'opinion publique ; mon fils, Ingénieur dans son Département, du tems que sa mère se consacroit & dissipoit sa fortune pour sa Patrie, se signaloit en Lorraine pour la défendre, il chassoit les Brigands & il exposoit tous les jours sa vie. La lettre que je fis imprimer au mois de Juillet, en 1789, sur le complot cromveliste, m'attira la haine du généreux Philippe, que je n'attaquai point, mais que je voulois rappeller aux principes de la justice & de l'humanité dont il s'étoit montré d'abord le protecteur & le soutien ; s'il eût été ce qu'il devoit être & ce qu'il seroit aujourd'hui, *plus que Souverain*, en se montrant à la fois l'appui du Peuple & l'ami du Roi ; mais loin de s'arrêter à des conseils augustes d'une femme ; il punit dans mon fils mon pur civisme & mon intégrité.

M. de la Fayette est instruit de ces faits, il promet avec justice de placer mon fils qui ne demande que de l'emploi pour défendre la bonne cause. Dix - huit mois s'écoulent en vaines démarches, les Ministres n'ignorent point mes droits, me promettent & me font valeter; mais j'avois des droits à la récompense Constitutionnelle, ne ferois-je pas autorisée à dire qu'on n'accorde rien aux femmes qui ne parlent qu'au nom de la Constitution, de la Patrie & non au nom de la Constitution de la liste civile? je me repose sur le droit de ma réclamation & deux ans s'écoulent sans obtenir justice. Mille & mille créatures sans aveu obtiennent des places, & mon fils étoit encore il y a huit jours dans l'inaction, ce n'est qu'a M. de Narbonne, que je ne connois point, à qui mon fils doit de l'emploi; je lui dois de la reconnoissance & je la manifeste tout haut parce qu'il est disgracié, peut-être a-t-il mieux servi la cause de la Patrie qu'on ne le croit, je ne ferai pas sa caution parce qu'il a été juste, le tems parlera mieux pour lui que ma reconnoissance & ses détracteurs.

Je reviens au Ministre du défi; certes, ce Ministre mérite bien que je lui tienne parole: il a osé me dire, après mille fadeurs que l'on prodigue aux femmes; *Madame, comme Ministre, je ne vous dois rien.* Monsieur, lui ai-je répondu, vous êtes dans l'erreur, car enfin, comme homme privé, je fais fort peu de cas de vous & de tout ce que vous pourriez m'offrir de la manière que vous l'entendez; mais comme homme public, vous me devez toute la reconnoiſſance d'un Miniſtre patriote. Je vous demande, ajoutai-je, ſi vous voulez que je rende cette vérité publique, *oui*, me dit-il, je ne ſais ſi, par ce défi, il a voulu me donner une preuve de ſon impartialité, perſuadé que je ne manquerois pas de faire imprimer ce ſingulier *excès de délicateſſe :* mais il a beſoin d'une leçon, ainſi je demande au Public, aux Journaliſtes, aux hommes de Lettres, & ſur-tout aux Repréſentans de la Nation, ſi les Miniſtres ne doivent pas plutôt accorder leur protection à mérite égal, à ceux qui ſe ſont ſignalés pour la patrie, qu'à ceux qui n'ont rien fait pour elle; ce n'eſt pas pour moi que je demande cette loi, puiſque mon fils eſt placé actuellement, mais pour tous les Citoyens qui l'ont défendue.

J'ai donc à me plaindre de ce Miniſtre, non pour le dénoncer, & ſans croire même qu'il ſoit un malhonnête homme ; mais pour le mettre à même de regagner la conſidération & l'eſtime néceſſaires à l'homme en place, qui a pu s'égarer, & perdre de vue les vrais principes conſtitutionnels, ces principes qui ont rapproché toutes les diſtances & qui diſtinguent le mérite des Citoyennes, de celles qui ne comptent que par des titres chimériques & des faveurs bien réelles.

Les femmes ſont d'étranges animaux, elles n'ont d'autre conſiſtance dans la Société que l'art d'intriguer & de ſéduire les hommes : quelque ſoit leur farouche caractère leur prétendue ſupériorité, ils ſont toujours apprivoiſés par ces animaux, nul ne peut échapper à leurs atteintes ; toutes en genéral poſſèdent l'art de ſéduire, & par une biſarrerie attachée aux foibleſſes des hommes, les plus perfides ſont les plus intéreſſantes à leurs yeux ; les Miniſtres ne ſont pas exempts de foibleſſes & de ſéduction, s'il étoit poſſible que les Miniſtres du nouveau régime, & ceux de l'ancien fiſſent un aveu ſincère, tous conviendroient que ce ſont les fèmmes qui corrompent les hommes en place.

J'ai des faits vers moi, que les Miniſtres de la Révolution n'ont perdu de vue leur devoir & peut-être ſans le vouloir, que par les inſinuations des ci-devant Comteſſes & Marquiſes, il faut en convenir, elle ſont très-aimables, quand elles veulent, il n'y a donc aucun reſſort que la ci-devant Nobleſſe n'ait employé pour corrompre les Miniſtres. Un ex-Marquis, père de deux jolies filles, diſoit : je les mettrois, moi-même, dans le lit des Miniſtres pour accélérer le moment de la contre-révolution. C'eſt ainſi que la Nobleſſe ſe diſtingue en procédés nobles ; mais il eſt tems de faire une opération hardie & de couper juſqu'au vif pour déraciner le vice. Dans un crime de lèze-Nation, de lèze-Majeſté ; dans un vol, dans un aſſaſſinat, on punit les complices des deux ſexes, pourquoi ne puniroit-on pas les femmes qui ſe rendroient coupables en ſe mêlant nocturnement des affaires de l'Etat & du ſecret du cabinet ? pourquoi ces femmes, dis-je, ne ſeroient-elles pas miſes en cauſe avec les Miniſtres prévaricateurs lorqu'elles ſeroient atteintes & convaincues d'avoir ſurpris la religion des hommes en place, & d'avoir *inconſtitutionnelelement* abuſé de leur foibleſſe.

Le mot m'eſt échappé, la vérité coule de ſa ſource, que de ci-devant Comteſſes & Marquiſes vont faire des bonds à cette inſinuation de ma part ſur la reſponſabilité des Miniſtres. Certes, en vain cherche-t-on la ſource du mal & la guériſon, il ne convenoit peut-être qu'à une femme d'en déſigner le germe & de donner l'application du remède, je ſers mon ſexe en le perſécutant, je l'honore en le dépouillant de toutes ſes honteuſes menées & en faiſant tomber le bandeau que l'ambition ſans doute a placé ſur les yeux des femmes, je les rends plus intéreſſantes aux yeux des hommes, & l'amour ne les embellira pas moins. Ces moyens propres à épurer la place de Miniſtre, reſtaureront en même-tems les mœurs; je ne prétends pas faire des Miniſtres des Saints, les excepter du ſentiment le plus louable; une inclination digne de l'homme eſtimable, élève l'ame & épure le courage; mais la Société eſt bien loin encore de ces inclinations qui ſont le bonheur de la vie.

Enfin, je n'ai que le tems de donner un apperçu de mes bonnes idées, puiſſent-elles être miſes à profit! & que l'Aſſemblée Nationale diſe de moi, comme Mirabeau: nous devons à une ignorante de grandes découvertes.

Je ne déſigne perſonne, ceux qu'un ſot orgueil auroit égarés, ceux qui auroient perdu totalement la tradition de leurs mœurs & de leur vrai mérite, m'en voudroient ſans doute; mais les idées que je donne ſur l'amélioration de l'eſprit miniſtériel leur feront plus de bien que de mal.

Quelques ſoient mes bonnes vues, je m'attends à la critique la plus amère; le Triumvirat des factieux, l'entêtement des partis oppoſés ſe trouvant frondés ſans relâche par l'Auteur de l'eſprit François, épuiſeront en vain leur venin.....

Je les attends comme Bayard, sans peur & sans reproche. Il est peu d'hommes qui puissent dire comme moi; j'ai vu souvent la fortune, les dignités à mes pieds je les ai foulées & je ne me suis jamais démentie. On dit que l'homme change, je soutiens le contraire, tous ceux qui varient n'ont ni caractère ni vertu, se connoissant foibles & vicieux, ils ont seulement eu l'art de tromper le vulgaire, & sous un masque spécieux, cachant artistement leurs vices, ils ont préparé de loin ce poison subtil, de flatter, de ramper, de caresser suivant les circonstances, les mœurs, les préjugés & l'opinion. Ah! si on lisoit dans les consciences, combien verroit-on de réputations mal acquises, combien verroit-on de vertus persécutées! foibles humains! Aveugle engouement populaire, quelque soit votre délire & vos faveurs, nul ne peut échapper à son instinct; pour juger un homme, attendez qu'il soit au tombeau. Cette récompense, quoiqu'inhumaine, tient à une cause divine que vous ne pouvez pénétrer; pour prononcer avec certitude sur le compte d'un homme, il faut l'avoir parcouru dans toutes les circonstances de sa vie, vous y verrez développer dans sa vieillesse, les dispositions qu'il eut dans son enfance, & pour vous donner une connoissance

ſance parfaite du caractère de l'homme, François, n'oubliez pas la remarque d'une femme, & faites-en l'expérience ; joignez à vos nouveaux principes d'éducation nationale, un Journal fidele ; que vos Inſtituteurs publics ſoient tenus d'y rendre compte des diſpoſitions morales & phyſiques de leurs Elèves, que tous leurs penchans ſoient développés dans ce Journal, enſuite vous apprendrez à vos neveux à former véritablement des hommes, & je défie qu'on puiſſe jamais parvenir à les rendre vertueux, tant que la connoiſſance de leur caractère & de leurs penchans primitif échappera au public.

J'ai propoſé le bien, j'ai pourſuivi le vice, & j'ai donné de quoi réfléchir ſur la plus importante des queſtions & ſur le ſalut à venir des hommes.

Mais quelle eſt dans ce moment l'affreuſe alternative où ſe trouvent les vrais intérêts de la Patrie, cette Patrie eſt aujourd'hui entre deux gouffres effroyables, dans leſquelles ſont placées les artilleries qui doivent l'engloutir ; le deſpotiſme brûle de la conquérir par le ſang, l'anarchie Républicaine veut l'incendie plutôt que de montrer un caractère digne d'unr Peuple libre. Le feu eſt dans tout le Royaume, & l'on ne peut découvrir les artiſans de ces affreux complots & les chefs des boutefeux; eſt-ce les Monarchiſtes ? les Républicains? & par-deſſus, les Clouveliſtes, ou marchent-ils de concert enſemble, quoique diviſés d'intérêts? Telle eſt la perſpective douloureuſe que nous offre le tableau effroyable de la France; voilà le réſultat de l'eſprit François.

Puiſſent ces réflexions produire une criſe fraternelle & rallier les cœurs des honnêtes gens autour de la Patrie; puiſſent ceux qui excitent le déſordre, qui interprêtent l'anarchie de patriotiſme; puiſſent enfin les créatures du deſpotiſme, qui ſe couvrent du manteau monarchique conſtitutionnel, être découverts & périr ſur les échaffauds, d'après la Loi, comme des factieux & des perturbateurs du repos public; & puiſſent, pour la dernière fois, les Journaliſtes patriotes reconnoître que l'intérêt public dépend peut-être de leur ſageſſe & de leur pur civiſme, abjurer tous ſarcaſmes, toutes perſonnalités & toute calomnie haſardée qui peut exciter le peuple en lui dérobant la vérité! fidèles ſentinelles des intérêts des Citoyens, du repos ſocial, faites entre vous une coalition qui exprime votre animadverſion contre les Ecrivains qui s'écarteroient des conditions & des meſures que vous prendrez pour éclairer le peuple à l'avenir, non pour l'exciter avant d'avoir approfondi la vérité des faits ; éloignez fur-tout de vos penchans ces critiques ordurières qui apprennent non-feulement au peuple le mépris des chefs, mais encore celui de la Loi.

Les brigands, fous le manteau du civifme, affaffinent les organes de la Loi & mettent la France au pillage, & voilà comme le peuple eft egaré ; quel exemple frappant le Maire d'Etampes n'offre-t-il pas à tous les Journaliftes amis de la liberté !

Les hommes ne feront-ils donc jamais affez fages, affez humains pour s'élever jufqu'à l'intention de l'Eternel ? tous fes décrets font dans la nature, & tous font défigurés dans les mains des hommes ; l'homme eft né bon par nature, méchant par fociété, menteur, calomniateur par habitude, féroce par l'exemple, favant par engouement, extravagant par inftinct ; voilà la vie des hommes, à peine mettent-ils les pieds fur la terre pour fe conduire, que cette terre mobile & fragile s'entrouvre fous leurs pas. Les infenfés ! Ils ne vivent qu'un jour, une heure, une minutte en comparaifon des fiècles, & cette vie courte, rapide, remplie d'orages, d'infirmités, de turpitudes & des douleurs humaines, n'a pu encore leur infpirer la forme d'un gouvernement fage & humain.

Que n'ai-je pu, dans cette courte morale, renfermer toutes mes bonnes vues, les Moyens utiles que j'offre dans cette production verbeuse & souvent diffuse ! il n'est pas en mon pouvoir de contenir mon zèle, & de le réduire dans un espace court & précis, il n'est pas en mon pouvoir d'entraîner le Lecteur par un style brillant & recherché ; plus naturelle qu'éloquente, voilà mon cachet, les puristes y mettront le sceau de la critique, je m'en moque, si j'intéresse les amis de la Patrie ; je n'ai point d'autre espoir & mon but est rempli.

La preuve des dénonciations & l'arrestation de M. de Lessart vont porter la lumière dans les trames ténébreuses qui cachoient les projets de la Cour ; ce Ministre est-il criminel pour avoir obéi ? Tout dépose contre lui. sera-t-il victime, comme Favras, des crimes de ses chefs ? la voix publique ne le condamnera-t-elle pas plutôt que la Loi, & ses Juges diront-ils, c'est une proye que le peuple attend avec avidité ? Non, non, ce peuple ne veut plus une justice illégalle : il réclame lui-même en faveur du coupable, l'impartialité & la pureté de la Loi. Si la Loi frappe la victime, il bénira l'exemple & gémira sur le sacrifice : mais si cette victime obtenoit sa grace en dévoilant des mystères dérobés, même à la preuve contre lui; la Loi, dans pareille circonstance, ne parleroit-elle pas en sa faveur, & la Patrie ne lui devroit-elle pas son salut? si les Rois, jadis, avoient le droit de sauver un coupable de l'échafaud, comment la Nation n'auroit-elle pas celui de faire grace au coupable qui la serviroit au moment même qu'on l'envoye à la mort? (1)

Qu'on n'oublie pas ce vers d'Emilie à Auguste :

Si j'ai séduit Cinna, j'en séduirois bien d'autres.

Il est donc bien important de connoître la source de cette trahison; le Roi seul est inviolable, tout le reste est soumis à la Loi. Mais si la Cour n'avoit point de coupables desseins, si elle n'avoit qu'une fausse politique,

---

(1) En prenant la défense de ce Ministre coupable ou innocent, je me venge de la trame particulière que son injustice envers mes services patriotiques n'a que trop excitée. J'ai à me plaindre en général de tous, je les ai trouvés vains ou ridicules, je leur ai dit ou écrit leurs vérités & ne les ai point dénoncés; mon fils est placé actuellement, je ne suis point de ces mécontens qui, lorsqu'ils n'obtiennent pas, même injustement, ce qu'ils demandent, poursuivent les Ministres comme s'ils étoient responsables de leurs ridicules prétentions; s'ils en obtiennent tout, ils les flattent ou ils se taisent sur leur compte. Je servirai toujours mon pays,

dans l'espérance de ramener les esprits, en employant les voies de la médiation & de la modération ; en un mot, il est tems de ne plus prononcer sur les apparences, nous sommes sous un ciel orageux, les nuages se sont formés de toutes parts, la sagesse peut seule les dissiper, les habitans de ce globe n'ont à redouter que la tempête des brigands que l'Etranger a poussés vers la France dans ce tems de calamité. Et ne seroit-il pas de la plus grande utilité que les Départemens & Municipalités s'occupassent de bannir ces brigands de la Société; que tous les hommes sans aveu, étrangers à la France, fussent resserrés & renvoyés sur les frontières de leurs pays. C'est ce que j'avois proposé en 1788, *dans le Bonheur primitif de l'Homme*. Nous remplissons

---

& jamais je ne mêlerai mes intérêts à ceux de la Patrie. Il me reste à faire une exception ; si M. Cahier de Gerville, que je ne connois que par une marche d'actions irréprochables, quitte le Ministère, c'est un brave homme que l'Etat va perdre, qu'on aura peut-être de la peine à remplacer; pour M. Duport, je ne lui soupçonne que des torts involontaires, & quelquefois le le plus honnête homme n'est pas à l'abri d'errer ou de recevoir des leçons; puisse-t-il profiter de celle-ci, & sortir du Ministère comme il y est entré, avec l'estime générale !

nos prisons d'Etrangers, qu'ils aillent vomir dans leurs foyers le venin dont ils avoient voulu nous empoisonner. Enfin, la force publique étant en défense, elle doit extirper cette armée de scélérats, divisés dans la France, qui n'attendent, qui ne suscitent le désordre parmi les Citoyens, que pour les frapper, s'emparer des propriétés & se réunir. Paris, Paris, sur-tout, est assiégé d'un nombre effroyable de ces exécrables scélérats; les différens partis, aveugles dans leurs ambitions, se servent de pareilles agens, sans prévoir quelles en peuvent être les suites malheureuses pour eux-mêmes.

PROBLÊME A RÉSOUDRE

SUR TROIS POINTS.

SERONS-NOUS Esclaves, Républicains ou Royalistes constitutionnels ?

IL ne faut pas se le dissimuler, ces trois Partis existent. Quel est le plus raisonnable & le plus fort, dira-t-on ? Moi, je répondrai, c'est le plus constitutionnel; mais il faut résoudre cette vérité. En force publique, qui doit dans ces momens périlleux se trouver dans le cœur de tous les François ? Que les haines particulières ne prévalent plus ſur l'intérêt de la Patrie, que les paſſions s'étouffent, la France, ſous un nouveau jour plus pur & plus ſerein, relevera ſon front altier aux yeux de l'Univers attentif à ſa chûte.

www.ingramcontent.com/pod-product-compliance
Ingram Content Group UK Ltd.
Pitfield, Milton Keynes, MK11 3LW, UK
UKHW021957260726
13994UKWH00004B/1805

9 782329 487731